Franz Stelzhamer
und
Hans Schatzdorfer

Gedichte
aus dem
Innviertel

I M P R E S S U M :

Herausgeber und für den Inhalt verantwortlich:
Freimut Rosenauer, 4910 Tumeltsham Nr. 47, Tel. 07752/88330

Gesamtherstellung:
Hammerer Druck und Verlagsgesellschaft m.b.H.,
Riedauer Straße 48, 4910 Ried i. I., Tel. 07752/870110

Vorwort

Eine Gemeinde, ein Dorf - zwei große Namen: Franz Stelzhamer und Hans Schatzdorfer

Frei glebt und frei gstoribn,
Frei gsungá sein' Gsang,
Und net á Weil bsorign,
Währt's kurz odá lang.

Währt's lang odá kurz,
Und geht's schlecht odá guat -
So á Vogel is á Vogel,
Ás liegt schon in Bluat.

(„Da Vogelspruh", F. Stelzhamer)

Zum 200. Geburtstag von Franz Stelzhamer, aber auch seinem großen Interpreten Hans Schatzdorfer zum ehrenden Andenken erscheint diese Auswahl von Gedichten.
Demjenigen, der sich mit den Werken dieser beiden Mundartdichter beschäftigt, erschließt sich ein breites Spektrum an Gedanken und Gefühlen - die Heimat, das Elternhaus, die liebsten Menschen, die Natur, die Verlockungen der Welt und die eigenen Schwächen betreffend.
Wer das landschaftlich reizvolle Innviertel und seine Bewohner wirklich kennenlernen will, der kommt an Franz Stelzhamer und Hans Schatzdorfer nicht vorbei. Erst wenn man ihre Werke kennt, versteht man die selbstbewusste Lebensart und gewinnt Land und Leute zwischen Inn und Hausruck lieb.
Feste feiern, verbunden mit Theaterspiel und Musizieren, stehen bei den Innviertlern hoch im Kurs. So lebten auch die beiden Künstler - trotz zeitlicher Verschiedenheit - nach diesem Lebensprinzip und blieben ihm treu, was sie aber zeitlebens in Konflikt mit den Anforderungen der Gesellschaft brachte.

Freimut Rosenauer

Franz Stelzhamer

wurde am 29. Nov. 1802 als siebtes und letztes Kind von Johann und Maria Stelzhamer, geb. Hofstetter, im ärmlichen Siebengütl-Haus in Groß-Piesenham, Pramet, geboren. Neben der Kleinlandwirtschaft übte der Vater das Schneiderhandwerk aus, und die Mutter verdiente durch Spinnen und Weißnäherei etwas dazu.

Die Volksschule besuchte der Franzl in Pramet mit sehr gutem Erfolg, daher sollte er studieren. Er kam an die "Königlich Bayrische Studienanstalt des Lyzeums und Gymnasiums in Salzburg" (Salzburg gehörte zu dieser Zeit zu Bayern).

Nach einem Studienjahr in Graz schloss er 1824 die beiden Philosophieklassen in Salzburg erfolgreich ab und wollte Theologie in Linz studieren. Sein Ansuchen wurde aber abgewiesen, und Medizin in Wien zu studieren, hatte ihm ein Professor verekelt. So nahm er in Graz das Jusstudium auf, wohl auch deshalb, weil sein Bruder Peter dort wohnte. Als ihm dieser die Unterstützung versagte, wechselte er nach Wien. Er hatte zunächst auch gute Erfolge, schloss aber das Studium nie ab.

Portrait-Gemälde von Josef Danhauser

Immer litt Stelzhamer unter finanziellen Schwierigkeiten, die Stipendien reichten nie aus, und von den Eltern und Freunden war nicht viel zu erwarten.

So verdingte er sich als Haus- und Nachhilfelehrer.

Sein künstlerisches Wesen und sein freiheitsliebendes Innviertlerblut ließen ihn nirgendwo lange verweilen, ein starker Wandertrieb befiel ihn. Unzufrieden über sein unstetes Leben versuchte er es noch einmal mit der Theologie. Doch auch dieses Mal war die Freude am gesellschaftlichen Leben größer. Schließlich aber brach die Urkraft des Talentes auf, und er verfasste zahlreiche Mundartgedichte, die dann 1837 erstmals unter dem Titel "Lieder in obderennsischer Volksmundart" herausgegeben wurden. Weitere Bände erschienen. Dazwischen liegen drei große epische Werke, nämlich "Der Soldatnveder", "D'Ahnl" und "Königin Not".

Franz Stelzhamer wohnte mit seiner Frau Betty, geb. Reyß, die er 1845 geheiratet hatte, in Ried i. Innkreis. Aus dieser Ehe stammte eine Tochter, Caroline. Frau und Tochter starben schon nach verhältnismäßig kurzer Zeit, wohl aus Kummer und Not, die sie ertragen mussten. „Wie oft doch blieben auf den Spuren mancher Großer ihnen nahestehende Menschen als Opfer auf der Strecke!" (Franz Braumann).

„LANDLERTANZ", gezeichnet von Franz Stelzhamer um 1842/4

Stelzhamer übersiedelte nach Salzburg und lernte dort seine zweite Frau, die Lehrerin Therese Böhm-Pammer, kennen. Sie schenkte ihm zwei Kinder, Josef Lucian und Rosalia.

1870 übersiedelte Franz Stelzhamer nach Henndorf, wo er einen schönen Lebensabend verbrachte. Er starb dort am 14. Juli 1874 und liegt auf dem Ortsfriedhof von Henndorf begraben.

Ein zusammenfassendes Urteil über den „Franz von Piesenham" könnte etwa so lauten:

„Eine echte, tiefe Künstlernatur mit hellen Glanzlichtern und tiefen Schlagschatten, ehern, ragend, gewaltig, aus einem Gusse, die vollendete Verkörperung der Mundart- und Heimatdichtung." (J.Hauer)

Am 28.Nov.1952 erklärte der o.ö. Landtag das Gedicht „´s Hoamatgsang" in der Vertonung von Hans Schnopfhagen zur Landeshymne.

STELZHAMER

Ünsá Gegnd

Bi dort und da gwen
Schon mit Fahrn und mit Gehn,
Und han gsehá, wia d' Gegndn hán,
Wild odá schen.

Und ás häd má schon dert
Hin und wiedá wo gfalln;
Do ám bestn nu allweil
Bo üns, üntá alln.

Schwáre Korn, schene Gerstn,
Án Woaz, wutzlbraun –
Ganze Lándá und Gwandtn –
Is á Lust zon Anschaun!

Aft wiedá wia schön,
Wia se d' Wiesmahd hireibt,
Mitten duri rinnts Bácherl,
Des 's Mühlweri treibt.

Dort und da steht á Oachán
Schen schâde und broat,
Üntá de se dá Schnidá
Zon Undánbrot loat.

Und á müahsamás Völke –
Mecht wissn, wos wár;
Mia Wallnerbaun lassn
Koan Fleckerl ned lár.

Und so gwürflát rundum
Und so schen is die Gegnd,
Áz wanns just ünsá Herrgott
Häd hibroat und gsegnt.

Wia á Bildl láts da –
's zeite Troad is sán Gold,
Und dá Himme sán Sturz
Und sán Rahm is dá Wold.

In Geholz, bon Godán,
Da siagt má 's so schen,
Da mecht i vomodán –
Und z'erst á Weil stehn.

Mein Müaderl

I mag wiadáwöll sein,
I mag wiadáwöll wern,
Mein Müaderl, des alt,
Had mi dená nuh gern!

'n Müadern eahn Herz
Is án ewigá Brunn,
Und so warm gehts dávan
Wiar in Moa vo dá Sunn.

Mein Vadá had greint
Und hat g'soat: Iazt máschier!
Bo dá Nacht had má d' Muadá
Wiedá áftan die Tür.

Mein Vadá had gsoat,
Dáß á nix meh hegát;[1]
Mein Müaderl, des alt,
Had sá Kiderl umdráht –

Und in Kidelsack steckt –
Is 's net viel, is 's á weng –
Aber ebbás is dring'stöckt
So lang i nu denk.

Aft had s' más in d' Händ druckt
Mit wuinaden[2] *Augn*
Und hat gsoat: „Pfüat di Gott, Franz,"
Es wird dá schon taugn!

Go guat wirds dá taugn,
Und i bitt di, sá bráv;
Áf má Gebn derfst vogessn,
Áf d' Lehrn denk áf!

Was i gsoat han, denk áf;
Stöll ja 's Betn net ein,
Und i wir dá schon betn,
Dáß d' glückli sollst sein!

Es wird á dein Vadá
Áf d' Lest wiedá guat,
Geh ná hin und sá bráv,
Dáß nix áfkemma tuat.[3]

Denn kundbar[4] *wird olls*
Wannst ás tuast nu so ghoam,
Bal várat di á Vedá
Und bald die nágst' Moahm.

Und várat di koan Vedá,
Wann d' Moahmán nix sagn,
Gát schon anderne Leut,
Die die Botschaft hoam tragn.

Kundbar wird olls,
Wann más nu so ghoam tuat,
Heut vorát oan'n dá Stiefel
Und moring dá Huat!

Die Kegelstad grat,[5]
Und wo s' tanzn, dáß 's staubt,
Die zwoa Plátz ham dá 's Geld
Schon des mehrástá g'raubt!

Pfüat di Gott! Pfüat di Gott!
Und kehr bald wieder um,
Wann dá 's Ertl[6] *ganz ausgeht*
Und 's Anbándeldrum.[7]

Und hán má schon gstoribn
Und steht nixe meh
Áf dá Welt vo dán'n Öltán
Wos 's[8] *Taodnkreuz in d' Heh:*

So knia di bald hin, Franz,
Und bet üns án Eicht,
Dáß üns dená dá Herrgott
'n Himmel voleicht! –

Wast hast, das woaßt d' eh,
Und wo 's is, daßl áh:
In dá graoßbleamten Druhá[9]
Bon Kámerl hibá.

Zwen Dichát,[10] *drei Pölster,*
Aft Lárichá[11] *– beit,*[12]
Dá i dárs denigá recht sag!
Du zigst ás áf d' Leut[13] *–*

Mein, i leg dárs schon zsamm
Und á Zederl dazua,
Wann i ollsgfáhr,[14] *ehst hoamkimmst,*
In d' Ewikeit mua.

Um koan Geld derfst net suachá,
Du suachst umásis;
Botracht ná dein Schicksal,
Aft woaßt schon, wo 's is! –

Und iazt geh in Gottsnam!
Und schau nuh ámol z'ruck
Ehst di aui und ai[15] *drahst*
Übán Hausruck!"

Á sodl had s' gsoat –
Aft hamár á Weil g'woant,
Ja, wer wird denn net woan'n,
Wanns oans go so guat moant!

Und wann i mi änder,
Wann i bráv wir und frum:
Zwegn dá Muadá is' s g'schehá,
Sist kehrt mi neamd um.[16]

[1] hergibt. – [2] weinenden. – [3] nichts Böses von dir gehört wird. – [4] bekannt. – [5] meide! – [6] der letzte Rest. – [7] das Stück zum Wiederanknüpfen.– [8] Als das ... – [9] in der mit den großen Blumen bemalten Truhe. – [10] Tuchente. – [11] Leintücher. – [12] warte. – [13] du könntest die andern Leute verdächtigen. – [14] unversehens. – [15] hinaus und hinab. – [16] sonst kann mich niemand bessern.

Dá blüahäde Kerschbám

Allwei kreuzlusti
Und trauri gar nia,
I steh da wiar á Kerschbám
In ewigá Blüah.

Enk freili wárn d' Kerschen
Schon liaber als d' Blüah,
Aber lost's, die kloan' Keferl
Und andern liabn Tier! –

Die wurln und woiseln[1]
Auf mir umädum,
Habn eahn Gschäft und eahn Kurzweil
Und singán sumsum.

Und eahná Sumsum
Is net gscheidt, is net dumm,
Is net sündt[2]*, is net frumm,*
Aber eahn is halt drum.

Enk freili wárn d' Kerschen
Schon liaber als Blüah,
Aber gelts, die kloan Keferl
Und andern liabn Tier

Was fragn die um d' Kerschen,
Eahn Welt is die Blüah,
Was s' net fressen und z'knerschen[3]*,*
Mensch, das ghert erst dir.

Drum allweil kreuzlusti
Und trauri gar nia,
I bleib stehn wiar á Kerschbám
In ewigá Blüah.

[1] Wimmeln und summen. – [2] sündhaft. – [3] zermalmen, verwüsten.

's Heumahdág'sang

*D' Sengs' übá d' Achsl,
'n Kumpf[1] áf dá Seit,
Roas már aui áf d' Wiesen,
Mir Heumahdáleut.*

*Es is nuh nix áf
Als was 's Vögerl und d' Sunn,
Und es gáng nuh koan Seel,
Wann net s' Bácherl vürrunn.*

*Und s' Vögerl und s' Bácherl
Oans mit den oan'n plauscht,
Und mir wetzen aft d' Sengs',
Dáß dá Klang dávonrauscht.*

*Wann má d' Sengs' á so schwingán
Und d' Mahd umidráhn,
Wißts es, dáß már 'n Taod
Seine G'hilfen aft hán!*

*Die zaunsperren[2] Ranken
Und d' Bleamerl dánebn
Rutengsund[3] und voll Saft
Müassen s' Lebn hergebn.*

Franz Stelzhamer

Oft iabl á Bleamel,
Das stiribt net gern,
Und i glaub, dáß d' es bitten –
Wann 's kinnát! – kunntst hern.

Die zinnliachten Zäherl[4]
Siagst schwimmár in Augn;
Weil eahm s' Lebn nuh so wohl dád
Und 's Blüahn á so taugn! –

Ös Bleamel, ös armá!
Ös habts es, zwia mir;
Denn oft, eh má 's umtraun[5] *–*
Steh dá Taod vo dá Tür;

Dámält an[6]*, und wannst froast:*
„Wer is daust?"[7] *soat er: „I!"*
Und dássell, das eahm áftuat,
Dákimmt und stürzt hi.

Aber trest már ins ná –
Wird so lang net hergehn,
Stehn már oll wiedá áf
Und blüahn dreimol so schen!

[1] Wetzsteinbehälter. – [2] dürr wie Zaunbretter. –
[3] gesund wie der Fisch im Wasser (Rute). – [4] Tränen, glänzend wie Zinn. –
[5] vermuten. – [6]klopft an. – [7] draußen.

Alls in Ehrn

Alls in Ehrn
Hat Gott gern:
Mit dá Zung und mit'n Händen
Sollst alls áso wenden,
Dáß ás segn derf und hern!

Á Gsang in Ehrn
Hert Gott gern;
Aber Saugsángl dichten
Und d' Leut ausrichten,
Das hert á net gern.

Án Tanz in Ehrn
siagt Gott gern;
Aber tanzen, bis's Tag is,
Bis nix mehr in Sack is,
Das siagt á net gern.

Án Trunk in Ehrn
G'statt Gott gern;
Aber, wann sö oans go tränkt
Und nix schreit als „eingschenkt!"
Das mag á net gern.

Á Gspiel in Ehrn
Duldt Gott gern;
Abá enká: kloan Aklaubn
Und enká: roan Ausraubn,
Das will á net gern.

A Liab in Ehrn
Leidt Gott gern;
Aber, Vogl, i kenn di,
Du gehst áf 's Lebendi,
Das hat á net gern.

Schen alls in Ehrn
Hät'st ás gern;
Aber, mein Herr in Himmel!
Dá Mensch is á Lümmel,
Vogißt áf d' Ehrn –

Áf d' Ehrn, áf d' Lehrn
Oft und gern.
Wird hint und vo faihli
Und saili, glücksaili
Mecht do án iads wern!

kloan aklaubn, beim Abheben ein wenig (in den Karten) herumsuchen – roan, ganz, völlig – faihli, fehlerhaft – saili, selig

Dá Musikant

(Auszug)

Oft frag'n s' mi, was kannst denn?
Ja, sag i, net z'viel!
Glang d' Zidár von Nagel
Und sing oans und spiel.

Glang d' Zidárn von Nagel
Und sing oans und spiel,
Da kann zuahern und losen
Wer zualisna will!

Sing G'sängel, schlag Tänzel,
Die i duazatweis kann;
Há, da is aft dá Fránzel
Dá ráráste Mann!

Da is aft dá Fránzel
Dá ráráste Mann,
Und koan oanzigá froat mehr,
Wo i sunst nu was kann?

Wo i sunst nu wos kann,
Froat koan oanzigá mehr,
Wern alli kreuzrebi
Und lustialer.

Zidárn, Zither – losen, lauschen – zualisná, zuhören – duazatweis, dutzendweis – ráráste, seltenste – wo i, ob ich – kreuzrebi, sehr lustig

Fenstágsángl

Du herzischens Dirndl,
Sei freundli mit mir,
Hau, was kann denn á Mensch
Um sein Wohlgfalln dáfür!

Zwoa Veigerl hánd d' Äugerl,
Zwen Rosenstöck d' Wang,
Und die mecht i hald brocká,
Was laugn is denn lang!

All meine Gedanká,
Die zoihánt dá nah,
Wie oan Wellerl den anern
In rauscháten Bah.

Wie in Frühling oan Vögerl
Den anern nahfloigt;
Und wie d' Sunn alli Blüamel
Gegn seiná hiboigt;

So folgt dá mein Herz
Ohne Rast, ohne Ruah,
Und dá halsstárri Kopf
Gibt sein – Jawort dázua!

Drum herzischens Schatzerl,
Sei freundli mit mir,
Hau, was kann denn á Mensch
Um sein Wohlgfalln dáfür!

brocká, pflücken – laugn, leugnen – zoihánt, ziehen – Bah, Bach

Tánzl

Wer sollt más vor übl hab'n
Wann i ebs tua,
Bin á junger, á g'sunder,
Á kernfrischer Bua!

Mein Dirndl, dem sing i
Und pfeif i oans für,
Und tua wedln und woisln,
Bis s' már áfmocht die Tür.

Bin á gschmeidiga Bua,
Kann mi winden und boig'n,
I kann bráv sein, nix nutz sein,
Kann beten und loig'n.

Vor übl hab'n, verübeln – wedln und woiseln,
schmeicheln und inständig bitten

Wo dá Pfenning gschlagn is, da gilt á nix

In dá Weit ham s' mi gern,
Ham á Freud, wann i kimm;
Schau i hoam, hebt sö glei
Üntern Baunán die Stimm:

'Is dá Franz wiedá dadá,
Der umschwanzát Kárl[1];
Han do sie und sán Vodá
So á arächtsams Päárl.

Ja, á dámisch Konzept
Häd á der – wia má hört. –
Abá wann má 's net anwend't,
Was is 's Konzept wert? –

Wia siecht á denn aus?
Hau, kennst ja die Art:
Á áfstehäts Haar
Und án hängátn Bart!

Má Lebtag, der Kund!
Had er dert nu á Gwand?
Und des wunderts, wanns hoaßt:
Er steht rände[2] bonand;

Had á Geldl in Sack
Und án Rock von fein Tua,
Aft á glángäláts G'häng[3]
Und á schlogáde Uhr[4].

Sán Tüache in Sack
Trüag á Dirn um án Hals –
Go so spannaglnoi
Und so prächte is olls! –

Mei, wo had ás denn her? –
Ehrle muaß er do sein,
Sist ließen sö d' Herrn
In koa Gmoanschaft ein!

Leicht had ás dáspielt
Vo án Broi[5] odá Wirt –
Odá – letzt wár á gnua! –
Go án Toife angschmiert!

Á so raunáns furt.
I kanns hörn und kanns segn. –
Zwe i's leid[6]? – Is ja eftá
Und Bessán schon gschegn[7]!

Wanns dá Bauá vostánd,
Zwe i umroas in Gäu,
Aft wár freili mein Roasn
Á Umschwánzerei.

Und wollt i enks sagn, –
Wie das Büachl wurds dick,
Und ös wissáts aft erst
Nu net gack und net gick.

Es is nix zon Greifn,
Fürn Schnabe koa Woad[8]*!*
Es wá schad um die Zeit
Und ums Mäul wár má load!

Abá, dáß ös bald wißts,
Wo i mein Sácherl hernimm,
So meld i enks iatztn
Mit hellautá Stimm:

Enká gscheangáde[9] *Weis*
Han i glernt und á Ruach[10] *bi i wordn*
Á wia ös
Und hans bschriebn in án Buach.

Und das Büachl wird káft
Vo dá herrischn Welt.
Übá enk wird bráv glacht, –
Abá mir tragts rund Geld.

[1] umherziehender, leichtsinniger Bursche – [2] gut gekleidet – [3] eine schlenkernde Uhrkette – [4] eine Taschen-Sackuhr mit Geläute – [5] Bräuer – [6] Warum ich es dulde? – [7] angeseheneren Leuten ist das auch schon wiederholt geschehen – [8] Keine Gelegenheit zum Schnabelwetzen – [9] eure scheelsichtige, hinterfotzige Art – [10] Wucherer

O, so schen is die Welt!

Funklnaglneue Stiefel,
Und d' Taschn voll Geld,
Und mein Vader hat gsoat:
Bua, iatzt betracht dá halt d' Welt!

Und i han már s' betracht't -
O, so schen is die Welt!
Aber - d' Stiefl sánd duri,
Dáhin is mein Geld.

In dá Früah bin i furt,
Und bi hoam in dá Früah,
Und dáweil is das gschehá,
Woaß selm net recht, wia?

Aber tanzn wiar i gsehá,
Wiar i aufgeign han ghert,
Wár all Tag, wann má 's hätt,
Á kloans Grafngschloß wert.

Franz Stelzhamer

Himmel und Höll

„Franz, denk áfn Himmel!“
Soat d' Ähnl so gern,
„Wannst öftá dran denkátst,
Du müatst aners wern.

Wia 's hoaßt, wird 's in Himmel
Voll Herrlichkeit sein,
Voll Pracht und voll Glori,
Voll Schimmer und Schein.

D' Engeln toan blosn
Duriaus[1] Tag und Nacht,
Was dá schmeckt, was di lust't[2],
Wird dár áfg'kocht und gmacht.

Und á Freud ham s' mit dir,
Ja, und gern had di olls;
Toan di druckár und bussen
Und falln dár um án Hals.”

„D' Aposteln“ – „Ähnl heng,
I bitt di, heng áf![3]
Áfn Himmel wann i denk,
Wiar i schlechtá, net bráv.

Wiast soast, so is' s dnettá,[4]
Wia 's in Himmel wird sein,
In Tanzsaal z' Sankt Thomá[5] –
Voll Schimmer und Schein!

Á d' Spielleut toan blosn
Duriaus Tag und Nacht,
Was má schmeckt, was mi lust't,
Wird már áfg'kocht und gmacht;

Und á Freud ham s' mit mir,
Ja, und gern had mi alls;
Und mein kugelrunds Dirndl
Fallt má glei um án Hals!" –

Ganz stoaner is d' Áhnl
Dagstanden; aber aft
Had s' mi angschaut, mh! angschaut
Und gsprochá mit Kraft:

„Na, weil di dá Himmel",
Had s' gsoat, „wildá Gsöll,
Net kann bessern; so denk
Áf die schrecklige Höll!

Wo's bridelt und brodelt,
Wo's lechätzt und strodelt,
Wo s' jammern und gilln,[6]
Wann sö s' zhämmern und z'milln[7].

Á stinkáde Lacká
Kannst saufen statt 'n Most;
Aft toan s' dár oans z'hackár
Und das is dein' Kost.

Aft z'hackán s' di selm
Und aft fressen s' di selm,
Und án Eichtl[9] *dánah –*
Is dein Seel wiedá da.

Dráf reißen s' di áf
In án Beri voll Schnee:
Und glei schmeißen s' di dráf
In án foiringá See.

Aft brüllt dá graoß Toifl:
Iazt lach du Kalfack![10]
Iazt lach und sei lusti,
Kerl, oder i pack

Di glei wiedá bon Kragn,
Laß di schinden und schlagn;
Laß di z'drucka zun Bátz,
Du elendige Mátz![11] –

Da is koan Dábarmnuß,
Koan Gnad, koan Bardan;[12]
Und aft iwigs und ewigs –[13]
Wen schaudert net dran?!"

„Mi schaudert, mi! – heng,
Áhnl, i bitt di, heng áf!
Áf d' Höll wann i denk,
Ja, d' Höll macht mi bráv!"

Á sodl han i gruaft
Und han's Beten ang'hebt,
Und sitdem, meine Buamá,
Wird christligá g'lebt.

[1] ununterbrochen – [2] gelüstet – [3] hör auf! – [4] gerade so – [5] St. Thomas, früher beliebtes Heilbad zwischen Ried und Pramet mit ansehnlichem Gasthof – [6] gellend schreien – [7] zermalmen – [8] Brühe – [9] kleine Weile – [10] Kalfakter (Schimpfwort) – [11] Metze (Schimpfwort) – [12] Pardon, Nachsicht – [13] immer und ewig

's Hoamatgsang

Hoamátland, Hoamátland!
Han di so gern,
Wiar á Kinderl sein Muader,
Á Hünderl sein' Herrn.

Duri 's Tal bin i gláffn,
Áf 'n Hechl bin i glegn,
Und dei Sunn hat mi trickert,
Wann mi gnetzt hat dein Regn.

Dein Hitz is net z' grimmi,
Net z' graoß is dein Frost,
Ünsá Trauben hoaßt: Hopfen
Ünsern Wein nennt má: Most.

Und zun Bier und zun Most
Schmeckt á kräftige Kost,
Und die wáchst olli Jahr,
Mit dá Naot hat' s koan Gfahr!

Deine Bám, deine Staudná
Sánd graoß worn mit mir,
Und sie blüahn schen und tragn,
Und sagn: Mach's als wia mir!

Án schenern macht 's Bácherl
Láft ollweil tala,
Aber 's Herz, vo wos auárinnt,
's Herz laßt' s da.

Und i und die Bachquelln
Sán Veder und Moahm:
Treibt 's mi wodáwöll umá
Mein Herz is dáhoam.

Dáhoam is dáhoam,
Wannst net fort muaßt, so bleib;
Denn d' Hoamát is ehntá
Dá zweit Muadáleib.

A lustige Eicht

A lustige Eicht
Hat dá Herrgott selm gweicht,
Selm gweicht und selm gsegnt,
Ruck 'n Huat, wann s' dá gegnt.

Und da sei aft dá Narr net,
Der ziftert[1] und zöhlt,
Der 'n Apfel, eh er dreinbeißt,
Z'erst speidelt[2] und schölt.

Votua dá koan Heunt
Wegn morign und aft,
Hau, die Birá, weil s' 'n hat,
Da láßts[3] 'n, sein Saft[4].

Zwoanzger is Zwoanzger,[5]
Dár erst und dá lest
Floigt gern aus, als wia 's Vögerl,
Das jung, aus 'n Nest.

Dár erst und dá lest
Hat oan' Klang und oan' Glanz,
Und votan oder gwungár,
Aber austan wird d' Schanz![6]

[1] zählt – [2] spaltet – [3] Beachte: helles a! – [4] Solange die Birke in Saft st
gibt sie ihn her – [5] Zwanziger, alte Münze – [6] Verspielt oder gewon
aber beendet wird die Schanze (Spielpartie beim Kegelscheiben c
Eisstockschießen) – [7] erhascht – [8] Ledergürtel mit Geldsa
[9] Freudensprung – [10] Ein Pack Lumpen! soviel wie: Alles gleichgü

Kripst[7] *d' Kellnerin 's Zwoanzgerl?*
Kriagns d' Spielleut? Oan Ding!
Koans sollt kenná, dein Geldkatz[8]*,*
Is s' schwár oder gring.

Mit án Juhezá kemmá,
Mit án Kreuzsprung[9] *gehts furt,*
Schlück eini, schleck abi,
Hm, Hadern oan Burd![10]

Ja, á lustige Eicht
Hat dá Herrgott selm gweicht,
Selm gweicht und selm gsegnt,
Druck s' und buß s', wann s' dá gegnt!

Resolut

A Mensch, der má z'wider is,
Den sag i's gschwind,
Und á Ding, das má Mucken[1]
Macht, schlag i in Wind.

Der sö plagn laßt und aránt't,[2]
Das is dá recht Narr,
Kriagt bo Zeiten á wilds Gsicht
Und án eselgraws[3] *Haar.*

Mi juckt nix, mi druckt nix,
Mir lát[4] *nix streng an,*
Und vo mir herts mein Lebtá
Net: Häd i's net tan !

Häd i's net tan,
Ha, wia guat kunnt's má gehn,
Und was kunnt i net sein,
Und wia kunnt i net stehn !

Aft knotzt[5] *ár in Winkel*
Und brüat't áh so furt,
Als wann[6] *ebbá*[7] *von Brüaten*
Ebbs andástá[8] *wurd.*

[1] Schwierigkeiten, Verdruss – [2] sich hinabkränken – [3] eselgrau
[4] liegt – [5] hockt – [6] als wenn – [7] etwa – [8] anders
[9] Was ein richtiger Kegelscheiber i

A Scheibá wos is,[9]
Schaut sö d'Kegelstatt an,
Nimmt die Kugel und soat:
Es gilt áh schon !

Wia's kimmt, áso nimm ig's,
Wia's geht, laß i's gehn,
Und wann's ebbás net toan will,
So sag i: laß's stehn !

Und wiar i als Bua gwen bi,
So bleib i als Mann:
Und vo mir herts mein Lebtá
Net: Häd i's net tan !

Hans Schatzdorfer

wurde am 19. Juli 1897 im Tischlerhaus (Lidlhäusl) in Großpiesenham 8, Gemeinde Pramet, als dritter Sohn des Tischlermeisters Josef Schatzdorfer und seiner Frau Anna Maria geboren. Schon als Bub verlor er den Vater, der vierzigjährig 1902 verstarb. So wuchs er zusammen mit seinen drei Brüdern in bescheidenen Verhältnissen gegenüber dem Stelzhamerhaus auf. Die Mutter verdiente den notwendigen Unterhalt als Stör-Näherin.

Diese räumliche Nähe zum Geburtshaus Stelzhamers bewirkte auch die geistige Verwandtschaft der beiden. Schon früh lernte er, gefördert durch seinen Lehrer, Stelzhamergedichte zu rezitieren und durfte bei Feierlichkeiten (60-Jahr-Jubiläum des Kaisers) mitwirken. Von seiner Begabung her hätte er wohl studieren können, doch der alleinstehenden Mutter und auch ihm war eine Trennung unmöglich.

Nach einem Gemälde von W. Gabler

Er wurde Tischlermeister und bewies echtes handwerkliches Können, was im späteren Geigenbau seine Krönung fand. Von 1947 bis 1966 entstanden 18 Geigen.
1915 rückte er freiwillig ein, und 1920 heiratete er Maria Holzinger, die Tochter des Zipfer-Bierdepotleiters in Pramet, und übernahm das elterliche Anwesen. Der Ehe entstammten vier Kinder (1920 Maria, 1921 Berta, 1925 Hans, der im 2. Weltkrieg in der Eifel fiel, und 1935 Gertraud). Der Hang zum Fabulieren und Musizieren lockte den „Tischlerhans“, wie ihn alle nannten, aber weg von der Werkstatt. Wie sein Vorbild Stelzhamer kämpfte auch er mit der Schwierigkeit, seine Künstlernatur mit den Anforderungen, die an einen Familienvater gestellt werden, zu verbinden. So kam er oft in finanzielle Nöte.

Im gesellschaftlichen Leben seiner Heimatgemeinde hatte er eine führende Rolle inne. Er spielte gerne Laientheater und unterhielt die Leute als zünftiger Landlergeiger. Bis 1932 war er auch Kapellmeister der Musikkapelle Pramet.
Zusammen mit Dr. Zötl, dem Obmann des Stelzhamerbundes, erwarb er sich große Verdienste um die Pflege und Verbreitung des Stelzhamererbes. So wirkte er bei der Übertragung des „Hoamgartenspieles", das von Radio Wien 1932 ausgestrahlt wurde, mit und gestaltete „Königin Not" von Franz Stelzhamer als Bühnenspiel. Das brachte ihm zwar Ehre ein, aber nicht genügend Geld.
Eine gesicherte Existenz war ihm erst beschieden, als er bei der Lagerhausgenossenschaft Ried i. I. als Buchhalter angestellt wurde. In Ried i. I. fand er Freunde und eine zweite Heimat. 1946 wurde er Gildenmeister der Innviertler Künstlergilde, mit 60 Jahren Ehrenbürger seiner Heimatgemeinde Pramet und **1965 Professor h.c.**

„Die Ehr wird allweil greßá,
iazt bin i gar Professá".

Diese Ehrungen gebührten Hans Schatzdorfer zu Recht, denn er war der echteste Stelzhamerinterpret und selbst ein tiefsinniger Mundartdichter, was er durch unzählige Lesungen und Schallplattenaufnahmen bewies.
Sein Todestag fiel auf den Hl. Abend 1969.

Werke:

1933 - **„Hoböschoatn"**
Gedichtband in Innviertler Mundart

1949 - **„Spatzngsang und Spinnawittn"** -
Schatzdorfer erlangte die Anerkennung

1965 - **„s' Drahtbröttlgspiel"**
Eine Hexameterdichtung, die die schicksalhafte Verlockung des Roulettespiels beschreibt.

1969 - **„Zeidige Zwötschken" –**
die Vollendung seines Lebenswerkes

Dá Wög duri 's Löbn

*Föst áf 'n Erdbodn stehn
und lüfti drübágehn
nimmst dá gschwind vür.
Wannst um án Stecká glangst
und aft 's Márschiern anfangst,
grat's abá nia.*

*Dáß d' nöt gring weidá kimmst,
wias dá dein' Gang vürnimmst,
is d' Welt schan gricht.
Umádum, hin und hi
Prügöln und Stoan für di,
bis dein Muat bricht.*

*Muaßt um á neuche Kraft
müad á weng rastn, aft
hast schan vospuilt. –
Dort, wo s' áf di grad beidn
und koan Vosámá leidn,
habn s' weng Geduld. –*

*Loahnst áf 'n Stecká da,
grabn s' dá 's Kaot á nu a
üntá dá Kehr. –
Wannst aft án Bodn voloist
und á 's Loh einifallst,
lacht der und der. –*

Laß dá koan Grüabál grabn,
Laß di nöt niedáhabn,
Geh' mit dá Zeit!
Schau dá dein' Wög guat an,
roas áf dá kürzán Bahn.
Hoamzua is's weit. –

Föst áf dá Erdn stehn
und lüfti drübágehn,
is üns vogunnt.
Wer sein graoß' Wundá findt
obn – und án Bodn herünt,
der geht nöt z'grund. –

Guade Gedángá

Ahne Jámmán und Dákemmá
muaßt' dein Load und 's Ölend nehmá.
Steht dá nu soviel bevo(r),
nix währt ewi(g), alls wird go(r).

Selbá kannst dá 's Löbn nöt friemá.
Trenz nöt lang, sünst mag's di nimmá.
Wanns nöt mag, aft is's á Kreuz. –
Wisch dá d' Augn aus – und dáleids.

Von dá Wiagn wögg bis zon Steröbn
is dein Steig voll Stoan und Scheröbn.
Mach di gring und tracht á d' Heh':
Drübáfloign muaßt, sünst tuat's weh.

friemá = anschaffen, bestimmen

Hans Schatzdorfer

Alloan is's nöt guat

Koan Trittl geht g'feihlt
und koan Tappá dánöbn,
suacht à Mensch guade Leut'
áf 'n Wög duri 's Löbn.

Á Mensch, der neamd mag,
der sein Löbtá neamd find't,
hat álloan Nacht und Tag
á schwárs Roasn herünt.

Álloan is's nöt guat
und álloan is nix schen.
Ganz álloan stockt oan' 's Bluat
áf dá Welt üntán Gehn.

Mit'n Herz ahne Neid,
á guats Wort áf dá Zung,
tragt má freudig sein Zeit
duri 's Löbn – und bleibt jung.

Für insán Franz'n

Insá Dörfál kloamächtö,
Is nöt b'sundás vui dran.
Wann's wer siagt, wos hab'ms g'sehá?
Wos kennán's eahm an?

Weng sehánś, weng kennáns
Und do – zobönś und rennánś
Vo weitmächtö dáher.
Für's kloa Dörfö vui Ehr.

Häuftö Ehr, graoßö Freid
Bringán s' üns vo dá Weit.
Ja! i denk vollá Stolz
Áf 's kloa Dörfö bon Holz.

Dös vostöckt in án Winkö,
Voi Bosch'n und Bám,
Glückselö und ruahlö
Dáhilöbt – sán Trám.

Wos drinsteht, dös Hüttál,
Wia hing'maln'n (wers kennt),
Dös dá Dichtá aus dá Hoamát
Sei Vadánhaus nennt.

Ja! Da drin hat dá Fránzl
Sei Schulkindázeit
Nu volöbt, ohnö Sorög'n,
Vollá Lust und voi Freid.

Hat sö g'spuit áf den Bod'n
Und hat's g'wiß nöt vomoant,
Dáß sei Taufgod'n – d' Frau Naot
In án Winkö wo loant.

Dáß dort uhoamlö schaut
Und schan droht zo eahm hi:
„Han dö föst á dá Krebö,
Bua! du g'frei dö áf mi."

Ja! sie beit schan áf eahm,
Und sie hat'n dábit'n. –
Hat'n g'hötzt, hat'n g'joat,
Hat'n nindást lang g'litt'n.

Hat'n g'hötzt, hat'n g'joat
Vo oan Ort zo den oan.
Hat'n z'rucktrieb'm so müad
Aft, zon Müadál und hoam.

Ja! hoam zo sein Müadál.
Und voi Liab hat s' 'n tröst,
Sie hat eahm d' Naot g'schwind vojoat
Und sei Herz, dös schwá – g'löst.

Mei! Dös Hüttál, wann's rödát,
Wann's wollt, kunnt vozoihn
Gro vui Sorögn und Rándt'n,
Von Müadál, den olt'n.

D' Muattáliab, d' Hoamátliab,
Hab'md án Franz'n sein Löbm,
Sán Singá und Dicht'n
Án Inhalt göb'm.

Muadáliab, Hoamátliab!
Schau! dáß dá bleibt,
Schau zua, dá dás neamt
Aus dán Herz'n votreibt.

O Hoamát! O Hoamát!
Voi Frucht und voi Bloamát,
Voi Duft und voi Schei(n),
Sei mein ganz – sei mei(n)!

Ja! i möcht má nix wünsch'n
Mei Löbtá(g), all Stund,
Dá i án Leit'n Liab und G'müat
Güatöng áfrügön kunnt.

Dáß i röd'n kunnt und singá
Wia dà Franz, den má ehr'n;
„Hoamátland, Hoamátland,
Han dö so gern."

Franz! Dei G'sang und dei Liad
Is á triebögá Sam,
Hast'n ausgstrát án Lándl,
Gelt's Gott! dáß mán hab'm.

INRI

Mir Innviertlá

*Von Innviertl hert má
wohl dort und da rödn, –
von Singá und Tringá,
von Ráfn und Wöh(r)n.*

*Á Volkssängá reimt
sölchö Gsötzl áf d' Leut;
und vodeant eahm sei Geld,
wann ás singt á dá Weit.*

*Ná ja, zwö denn nöt?
Abá dös is nöt recht,
dáß á glei ünsá Weis
á weng lab machá möcht:*

*„Mir sánd bo dá Schneid.
Und mir ruckán án Huat. –
Fesch und resch geht's dáhi
áft – mit'n Innviertlábluat."*

*Ja ja – ünsá Bluat
is so rebö und hoaß,
dáß 's gwiß nix von Duckà
und Huatruckà woaß.*

*Mir grüaßn mit'n Mäul,
do án Huat zoign má nöt,
weil sö öftá wiar oft
ünsá Stolz dágögn wöh(r)t.*

Und zwingt's üns zon Ruckä
aft steht's üns nöt an. –
Ás hat's halt dá Ähnl
und dá Vadá nia tan.

Mit hartá Müah gschiagt's,
wann's dá Muaß ámoi bringt. –
Abá schau, wann dá Bua
üntán Tanzn oans singt.

Da schwingt sö dá Bodn;
und schen drinn á dá Eicht,
floigt á Hüatl von Kopf
mit án Juchátzá – leicht.

Ja – 's ländlárösch Tanzn
und 's Gehn bö dá Nacht –
hat án Buam wiar án Vadán.
schan leichtsinnö gmacht.

Á kröftögá Ländlá,
der rigöt halt 's Gmüat,
dáß á Heilögs dábei
aus dá Wiagn gschmissn wird.

„Auf beim Sprung, d' Welt geht z'grund!
Wann má nimmá löbn, sán má nimmá gsund.
Kinná má nimmá sagn: Auf beim Sprung,
D' Welt geht z'grund, Bumm!"

Trenzn und traurö sein,
macht üns dö wengá Pein.
Üns liegt dá Übámuat
bössá án Bluat.

Lustö muaß's hifür gehn,
hint mögn má gar nia stehn.
Taucht ünsá Öllbogn an,
hoaßt's: „Aus dá Bahn!"

Glei á weng ráfárösch –
gáh mit dá Röd,
wann's á koan Gradá tuat,
scheuchán má's nöt.

Von Innviertl sán má!
Mir liabn ünsán Bodn.
Und mir kinnán dös Flöckö
oft gar nöt gnua lobn.

„Hoamátland! Hoamátland!
han di so gern!"
Kannst von Stelzhamá Franzn
aus Piasnham hörn.

Dös Gsángl is gwachsn
zon máchtöngá Gsang.
Und hin übás Lándl gát's
z'weidögst sán Klang.

Und Innviertl – Hoamátland!
dir bleibn má treu –
hallt's nachö án Herzn lang,
iatzt – – und allweil.

Mein Vürnehmá

Mir sagn s' öftá zua,
dáß i 's Geld gern votua.
Dáß i hin und dáhi
allwei z' leichtsinni bi.

Vostándige Leut
moan', mein Leichtsinnikeit
bringt's gen bald ámoi zwögn,
dáß mi d' Hund nimmá mögn. –

Sein Gschäft wár nöt lab,
abá 's Geld hat koan' Hab.
Was á kriagt, wird votan.
Kám á's hat, rinnt's dávan.

Á freundligá Wirt,
der 'n bráv grüaßt und schen pfüat,
kriagt sein' Hosnsack voi(ll),
schenkt á ein wasdáwoi. –

Dá Wirt tuat si um,
kriagt á schenáne Stubn,
und án Bau(ch), der si speit,
vo mán' Geld –, sagnán d' Leut.

Ja, recht habn's. Ganz recht.
I wurd' reich, wann i mecht.
Und iatzt nimm i má's vür,
dáß i hausligá wir. –

Á Schand, wann i loig!
I schind d' Laus um án Bolg,
i leid 's Bohrn duri 's Knia,
tragt 's án Kreuzá dáfür.

Leut, alls nützt i aus. –
Dá Herr Wirt kimmt von Haus,
und i selbn sitz mi drein,
wiar á Henndl án Brein.

Mitn Geiz aft und Neid
bring i's ehzeit so weit,
dáß d' 'n gáh ámoi fragst,
zwö sein Bau(ch) nimmá wachst.

Halt, halt! – latzt is's go(r).
Leut, der Spru(ch) is nöt woh(r),
denn mein sanfte Nátur
lassát dös niamals zua.

Ás tát má nöt woih(l).
I brácht's Bäuchál nia voi(ll),
wann gen nettá zwögn mir
dá Wirt dastánd zaundürr.

So weit kunnt i's treibn. –
Do, i laß's liabá bleibn.
Er sollt habn, was á grad
aus mein' Leichtsinn dáspa(r)t.

I selbm bin's schan gwehnt,
dáß mi d' Naot á weng zehnt.
Leut, i sturáb mi schwá(r),
wann i hausligá wá(r).

I trag má nix z'samm,
wia all Ehr um mein' Nam,
der aft dableibt für mi, –
„wann i lang nimmá bi".

Brein = Brei

Mein Liad

Oan Liadl is má üntár alln
wia glüatád aus mán Herzn gfalln.
Dös hat má klungá hi und hi,
á wann i toif án Trám glögn bi.

Ás hat má klungá, keusch und lind,
wia d' Schneeglöckerl án Früahlingswind.
Und wiedá zeitweis, furt und furt,
z'wann Ostern freudi eingläut't wurd.

Mein oanzigs Liad, mein herrligs Liad,
hat grad oan Herz mit mir nu gspürt.
Á zweite Seel – mein hoamligs Löbn –
hat's ghert und dráf sein Antwort göbn.

Hat Antowrt göbn. Hat lang und lang
in mir den freuding Ostágsang
áf's neuche frisch und tausndmal
schen gfäröbt mit sán Widerhall.

Und allmal wieder hat's mi gfreut.
Und allmal wieder hat's mi weit
vo Naot und Ölend wöggághöbt;
und hat um mi sán Zauber gwöbt.

I han's wohl gwüßt, wann's gschág und kám,
dáß gáh á Dritts den Klang vonáhm
und ebbá go sán Ton drein sung,
aft kriagát 's Liad – mein Liad – án Sprung.

Aft klingát's nimmá hi und hi,
votrauli ganz alloan für mi.
Aft klingát's nimmá keusch und hell.
Á Fremds vosung sán Zauber schnell.

I müaßt's aft singá ahnö Klang.
I müaßáts singá mit án Zwang.
I müaßáts, ahnö Lust und Freud,
mit mir nehmá á d' Ewigkeit. –

Mein herrligs Liad, mit dir is's aus.
I láf dán Klang nah, Haus für Haus.
I sung dein Weis gern fruah und spat. –
Mein Früahlingsgsang, mein Ostergnad,
i findt di nöt. – Mein Herz is láár.
I wunsch má, dáß i gstoröbn wár.

I bin á g'scheckerts Kásperl grad

I bin á gscheckerts Kásperl grad,
dös Händ und Füaß án Bándl hat.
Was, Händ und Füaß? So schau mi an!
Mein Herz, mein Seel, mein Löbn hängt dran.

Mein Herz, mein Seel, mein lustigs Löbn.
I brauch nia nehmá, brauch grad göbn.
I gib mi her, so langst mi magst.
I gib mi her, á wannst nöt fragst.

I gib mi her mit Lust und Freud.
I gib mi her – und acht koan Zeit.
I tanz dár á schens Tánzerl vür,
wannst freundli bist und liab zo mir.

Kimm her! Kimm her! I foilig gern.
I möcht wögn deiner nárrisch werdn.
Grad oans, i bitt di, gib fein acht.
Mein Löbn is dünn án Fadn drangmacht —

Á gáchá Riß; und glei wárs geschegn.
Du reißt má 's Herz aus unvosegn.
I löb mein Löbn mit deiner Gnad. –
„I bin á gscheckerts Kásperl grad."

Wöhr di, wannst kannst

Alls was má tuat,
sollt má recht toan und guat.
Ja i nimm má's á vür. –
Abá gratn tuats má nia.

Ás streit ohne Zweifö
um mi dá Herr Teufö
mitn Engerl um 's Recht,
dös koans auslassn mecht.

Und i, i laß s' werká,
wer gwinngt, is dá Stärká.
Wer gwinngt, der kann toan,
was i selbá nia moan.

Ás is má mituntá,
i fahr ámoi druntá. –
Á was, i laß s' streitn.
I volög mi áf 's Beidn.

Iatzt nimmt eahm dös Seini
dá Stärká glei schleuni.
I kunnt nöt dáfür,
gwunng dá Teufö vo mir.

I laß mi vokáfn
I laß um mi ráfn.
Á Mensch – denk do dran –
kann án Geistán nöt an.

Was sollt i aft machá,
wia zuaschaun und lachá.
Á, wannst mi bös mahnst.
Jessás! wöhr di, wannst kannst.

Übágscheit

Mir werdn allwei gscheidá.
Mir bringán's nu weit.
Ja, ás blüaht üns á herrligs
schens Löbn mit dá Zeit.

Um alls wird schan g'rätslt.
Und viel wird entdöckt.
Mein, soviel wird entdöckt,
dáß si d' Welt dran frei schröckt.

Mir lassn nöt nah.
Tag und Nacht, furt und furt
wird studiert und probiert,
und all' Hoamlichkeit gsuacht.

Ás wird ámoi gschehgn sein.
Ás wird ámoi gratn,
und ás wird ámoi hoaßn:
„Iatzt habn má den Fadn!"

Iatzt habn má den Fadn,
Und iatzt zoign má schen stád,
bis si d' Erdkugl endli
nah ünsán Willn dráht.

Und mit lautá Probiern –
unváhofft, wird's pássiern,
dáß von Wean oidá Rom
nix mehr bleibt wia 's Átom.

Gott sei Dank! D' Welt is wögg.
Á für üns bleibt koan Öck. –
Bleibt koan Bött und koan Gruft:
Mir gehn allsand á d' Luft.

!! Aus is's!!

Meine zeidign Zwötschkn

Lang steht schan vorn Haus án oldá
Zwötschknbám, der zeitnweis blüaht,
wann sein müadá Saft án Früahling
eigns recht kröfti áfghoazt wird.

Geht d' Frau Sunn', ámoi guat áfglögt,
längá mit eahm freundli z'Groas,
gspürt á 's Löbn aft, schier wiar entá,
bis zon lötztn Ástl hoaß.

Dastehn tuat á wiar á Jungá,
der koan Müah zon Dableibn scheucht.
Gern volaugnt á 's Öltá gschámi,
wann sein Blüah zon Himmö leucht'.

Moan' tuast, dáß á gen án Höröst
Zwötschkn übá Zwötschkn bringt,
und sein seltsams Áfblüahn wiedá
mit dá Zeit zon Zeidign zwingt.

Abá bald wird sein Vospröchá
labá schier vo Tag zo Tag.
Allmoi widá laßt á kenná,
dáß á nöt alls austragn mag.

Was á z'guadá Lötzt nu áfzoagt,
hat recht oft koan' föstn Gsund. –
Blüah um Blüah richt' üntán Wödá
's Himmlátzn álloan schan z'grund.

Wurámstichig und vokrüppelt
falln s' hintnah aft, schwár dáschröckt,
vor dá Zeit als „Narrn" von Ástl,
her und her, oft bodnvodöckt.

Grad dös Kröftigá und Gsündá
kann mein oldá Bám dáholtn. –
Drum hánd meine zeidign Zwötschkn
iatzt án Höröst leicht zon zöhln.

Viel is's nöt dös, was mein oldá
Zwötschknbám nu hergöbn kann.
Do dáfür is d' Frucht recht safti.
Brockt sö's dert – und gfreuts enk dran!

Geht freundli z'Groas = freundlich umgehen
's Himmlätzn = Blitzen
Höröst = Herbst

Wenn Sie, lieber Leser, nach der Lektüre dieser Gedichte und – angeregt durch die Schönheit der Bilder – Lust auf MEHR STELZHAMER, SCHATZDORFER und INNVIERTLER LANDSCHAFT bekommen haben, besuchen Sie Pramet!
Die Heimatgemeinde der beiden berühmten Mundartdichter hat am 5. Mai 1996 einen Stelzhamer-Kulturweg eröffnet, der von der Pfarrkirche über Großpiesenham zum Badesee führt. Entlang dem Weg laden Tafeln mit weiteren Stelzhamer- und Schatzdorfer-Gedichten zum Verweilen ein, aber auch eine Besichtigung des MUADÁSTÜBLS im VADERNHAUS (F. Stelzhamer) und des Schatzdorferhauses ist empfehlenswert.
Ab dem Jubiläumsjahr 2002 gibt es den Stelzhamer-Müaderl-Weg von Pramet nach Schildorn. In der Pfarrkirche zu Schildorn wurde Franz Stelzhamer getauft, auf dem Friedhof liegen seine Eltern begraben.

Anmerkung zur Schreibweise

Franz Stelzhamer schrieb in einer Mundart, die heute schon schwer verständlich ist.
Da der Zweck dieses Buches aber die weite Verbreitung seiner schönen Gedichte ist, habe ich die Texte von Franz Stelzhamer der zeitgemäßen Mundart einigermaßen angepasst.

Die Gedichte von Hans Schatzdorfer wurden unverändert in der von ihm gepflegten Schreibweise übernommen.

Freimut Rosenauer

Vorwort ....2 – 3
Franz Stelzhamer - Lebensbeschreibung ....4 – 7
Ünsa Gegnd ....8 – 9
Mein Müaderl .... 10 – 13
Da blüahäde Kerschbám ....14 – 15
's Heumahdág'sang ....16 – 17
Alls in Ehrn ....18 – 19
Dá Musikant 20
Fenstágsángl 21
Tánzl 22
Wo dá Pfenning geschlagn is, da gilt á nix ....23 – 25
O, so schen is die Welt ! 26
Himmel und Höll ....27 – 29
's Hoamatgsang (Landeshymne) ....30 – 31
A lustige Eicht ....32 – 33
Resolut ....34 – 35

Hans Schatzdorfer - Lebensbeschreibung ....36 – 39
Dá Wög duri's Löbn ....40 – 41
Guade Gedángá 42
Alloan is's nöt guat 43
Für insán Franz'n ....44 – 47
Mir Innviertlá ....48 – 51
Mein Vürnehmá ....52 – 53
Mein Liad ....54 – 55
I bin á g'scheckerts Kásperl grad 56
Wöhr di, wannst kannst 57
Übágscheit ....58 – 59
Meine zeidign Zwötschkn ....60 – 61
Texterläuterung 62
Quellenangaben 64

Inhaltsverzeichnis

Artmann, H.C.: 1981
Franz Stelzhamer Lieder und Gedichte, Joseph Heindl, Schärding

Bauböck, Max: 1952
"Die Truhe" - "O so schen is die Welt !" (Lesebogen Nr.2)
Innviertler Künstlergilde

Binder, Ferdinand: 1983
Pramet – Ünsa Gögnd und von uns, Oberösterreichischer Landesverlag

Braumann, Franz: 1973
Franz Stelzhamer - Leben und Dichtung
Oberösterreichischer Landesverlag

Commenda, Hans: 1955
Franz Stelzhamer - Auswahl aus seinem Lebenswerk
Oberösterreichischer Landesverlag

Commenda, Hans: 1953
Franz Stelzhamer - Leben und Werk
Oberösterreichischer Landesverlag

Etz, Alfons: 1983
I han an guadn Kopf, Schatzdorfer Mundartgedichte
Oberösterreichischer Landesverlag

Jungmair, O., Etz, A.,1978
Wörterbuch zur oberösterreichischen Volksmundart
Aus der Reihe: " Aus da Hoamat", 33.Band. Linz, Selbstverlag Stelzhamerbund

Schatzdorfer, Hans: 1991
Hoböschoatn, Faksimileausgabe, Moserbauer-Druck

Schatzdorfer, Hans: 1949
Spatzngsang und Spinnawittn, Selbstverlag des Verfassers

Schatzdorfer, Hans: 1969
Zeidige Zwötschkn
Oberösterreichischer Landesverlag

Zötl, Matosch, Commenda: 1897, 1899/1900
"Aus da' Hoamat" 1.und 2.Band, Stelzhamer-Bund

Zötl, Hans:1932
F. Stelzhamers Lebensgeschichte in 2 Teilen - Band 29 und 30 "Aus da Hoamat"

Zötl, Hans: 1928,
F. Stelzhamer unser Heimatführer - Band 27 "Aus da Hoamat"
Oberösterreichischer Volksbildungsverein und Stelzhamer-Bund
Druckerei Wimmer